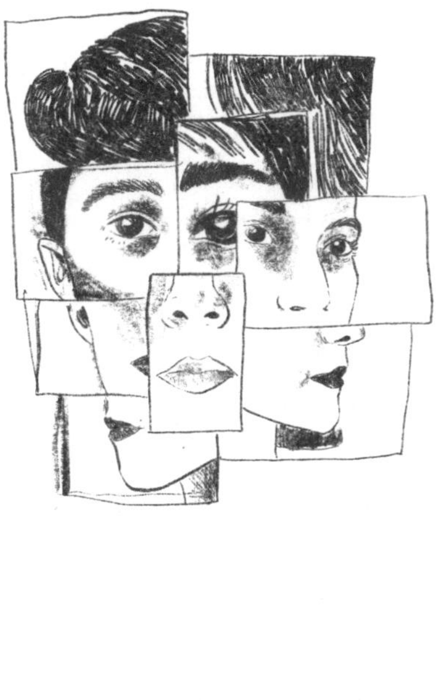

Éditions Frison-Roche Belles-lettres
5, rue de Charonne, 75011 Paris

Directeur : Édouard Frison-Roche
Direction littéraire et édition : Katia Kaloun
Création graphique : Britany Lefebvre
Illustration de couverture et mise en pages : Charlotte Thomas

Collection Or des lignes
ISBN : 978-2-49253-611-3

Britany Lefebvre

Fragments

Or des lignes

Il y a dans l'écriture plus de secrets
que dans toutes les paroles du monde.

La meilleure façon d'écrire est de
commencer à le faire.

Une fois les premiers mots sur le papier,
même brouillons, même hésitants,
on ne peut plus reculer.

C'est donc ainsi que j'ai commencé :
brouillonne et hésitante.
Pas très fière, pas très sûre,
mais commençante.

Si c'était au moins déjà ça,
c'était surtout *déjà* ça.

Après toi, tout commence.

Partie 1

Absence

Latin : *a b s e n t i a .*

Ab : *préfixe signalant l'éloignement,*

la s é p a r a t i o n

ou la fin depuis l'origine.

Ab·sens

Je
t'ai
cherché
partout
où
tu
n'étais
pas.

J'ai 11 ans.

Peut-être un peu moins,
peut-être beaucoup plus.

Je noircis des cahiers, j'écris des lettres, je m'essaie aux poèmes. Tout m'*inspire* et j'observe le monde à mesure que je le découvre. Mes parents m'ont offert un ordinateur de bureau à Noël. Il est gros et lent. La ventilation fait un bruit monstre, elle chauffe toute la chambre, mais j'y ai découvert quelque chose :

le traitement de texte.

J'écris quand je suis triste.
J'écris quand je suis en colère.
J'écris quand je suis triste et en colère
parce que quand je suis joyeuse,
je ne trouve rien à écrire.

J'aime la mélodie de mes doigts sur le clavier. Celle des lettres qui s'enfoncent pour former des *phrases* qui n'ont de sens que pour moi. Cette mélodie me berce, m'apaise, me réconforte. Je ne regarde pas l'écran, je ne relis pas.

Jamais.

Je déverse mes pensées telles qu'elles me viennent
et, une fois terminé, je sauvegarde et j'éteins.

La mélodie cesse,
et à l'intérieur de moi,
tout redevient *calme*.

Ce sera toujours comme si c'était hier.

J'aurais voulu qu'il voie cette neige, qu'il y marche et sente ce froid le parcourir.

J'aurais voulu le réveiller, lui demander de me conduire et l'attendre, assise sur la dernière marche de l'escalier, pendant qu'il aurait lacé ses chaussures.

Avant de franchir la porte, il aurait mis son chapeau. Celui accroché au sommet de la patère avec la salamandre brodée sur le revers.

Il m'aurait dit d'aller ouvrir le portail, j'aurais soupiré puis me serais exécutée en traînant les pieds pendant qu'il se serait installé au volant.

Une fois en route, il aurait allumé RFM et m'aurait questionnée sur ce garçon dont il aurait deviné l'existence. Je me serais tue. Décelant la vérité dans mon *silence*, il aurait posé sa main sur mon genou et serré ses doigts de part et d'autre de ma rotule.

J'aurais ri.
Il aurait souri.

Il m'aurait déposée devant la grille, moi j'aurais déposé un baiser sur sa joue et serais partie en claquant la portière.

Il m'aurait regardée partir
et se serait juré de toujours rester.

Rien n’est passé.
Dans cette ville, il hante chaque recoin de rue,
Se balade encore le long de mes pensées.

Je bats des ailes et me débats
Contre lui, contre nous, contre moi.

Les autres sont une excuse, un *pré-texte*
Des envies qui vont et viennent,
Mais qui jamais ne restent.

On parlait la même langue,
mais pas le même langage.

Elle allait *partir.*

Il allait la *perdre.*

Il allait la *perdre,*

Parce qu'elle allait *partir.*

C'était ainsi acté,
bien que jamais réellement formulé.

Il le pressentait à la manière dont on devine les trains, sentant autour de lui la terre trembler.

Elle allait partir. Il allait la perdre.

Il allait la perdre parce qu'elle allait partir.

Qu'importe lequel des deux adviendrait en premier, c'était tout son monde qui menaçait de s'effondrer, et il n'était pas prêt.

Il le voyait dans son regard, le sentait dans ses gestes désertés de la moindre affection.

Qui était donc à présent cette femme, celle qui avait pour habitude et volonté d'être sienne ? Pourquoi tenait-elle cette distance ? Qu'adviendrait-il de sa vie, une fois celle-ci vidée de sa présence ?

Le jour s'apprêtait à se lever.

Il regardait par la fenêtre comme on cherche la lumière au fond des tunnels et alluma une cigarette.

À l'image de son cœur,
il la laissa se consumer entre ses doigts.

« *Mieux vaut être seul que mal accompagné.* »

Tant mieux,
la solitude est plus facile à trouver
que la bonne compagnie.

Fuir la *compagnie*.

Trouver la *présence*.

Nous sommes tous
le message
non lu
de quelqu'un.

Mes nuits sont pleines de toi.

J'ai attendu longtemps. Enfin, je crois.
J'étais là à regarder s'activer le monde
Comme une danse qui n'en finirait pas.

À quelqu'instant et où que ce soit,
Il y aurait toujours quelqu'un
Qui croiserait mon chemin.

Alors je suis restée. J'ai attendu.
Juste au cas où
Ce quelqu'un finirait par être Toi.

Nous ne saurons
jamais
ce qui pourrait
advenir
si nous ne le laissons pas
se produire.

L’amour naît dans un regard
et meurt noyé dans les eaux lacrymées
qui s’échouent le long des *joues*.

Les plus belles histoires

sont celles qui n'en sont pas.

Des relations à temps *partiel*

naissent les *A*mours à temps *perdu*.

J'aurais voulu te dire que ça n'avait pas la moindre importance. J'en fus incapable parce qu'en réalité ça en avait. Ça en avait énormément et certainement plus que de raison. Mais tu me connais, je n'ai jamais été raisonnable.

DIMANCHE MATIN

8 h 17

Elle se hâte, elle est en retard.

Son wagon est à l'autre bout du quai, alors elle presse le pas encore un peu, comme pour fuir un peu plus vite ce qu'elle laisse derrière elle.

Prendre son train. Voilà tout ce qu'elle a à l'esprit depuis qu'elle a claqué la porte de leur appartement. *Prendre son train.*

Si elle se retourne, ne serait-ce qu'une seconde, ce serait à coup sûr celle qui la ferait faillir et rebrousser chemin.

Trouver son wagon.

Ne pas se retourner.

Prendre son train.

8 h 21

Elle pose le pied sur la marche, hésite.

Dans le wagon, elle repère le premier siège vide et s'y assoit, s'y cramponne. Elle y est et ne peut plus faire demi-tour.

Dans quelques heures, elle sera auprès de *Lui*.

10 h 52

Le train a depuis longtemps quitté la gare, emportant son corps, son excitation et sa culpabilité naissante vers Bordeaux.

Un trajet direct, sans arrêt entre le départ et l'arrivée, comme si la SNCF conspirait à dissoudre toute possibilité de se défiler.

En aurait-elle seulement eu l'envie ?

Le paysage s'écoule par la fenêtre et elle ne peut s'en détacher. Chaque kilomètre parcouru la rapproche un peu plus de l'*Un* pour l'éloigner immanquablement de l'*Autre*.

Elle compte.

Quand il ne suffit pas de

tourner

Il faut l'

la page.

arracher.

C'est à soi que l'on ment,
rarement aux autres.

maux

Certains ~~mots~~ que l'on garde pour soi

se révèlent au grand jour

avant même d'être *prononcés*.

Pourquoi me regardes-tu comme ça ? Ne me parle pas de la sorte. Pourquoi suis-je incapable de te tourner le dos ? On ne se connaît pas. Mes mots n'ont-ils aucun sens ? Rappelle-moi. Quel est le but ? Les étoiles ont disparu. Fera-t-il jour demain ? Fais-moi l'amour ce soir. Quel âge as-tu, à présent ? Ne m'embrasse pas. Pas tout de suite. Je passe te voir ? Dépose tes doigts sur ma peau. D'où sortent-elles toutes ? Partons en voyage. Et eux ? Et ces corps nus. Pourquoi fait-il si froid dehors ? Et cette musique qui tourne en boucle. Qu'est-ce qu'il y a à voir, là-bas ? Je veux danser. Vas-tu repartir ? Serre-moi fort. Qu'est-il arrivé ? Dis-moi quelque chose. Est-ce que tu m'entends, quand je te parle ? N'importe quoi. Et quand je ne te parle pas, est-ce que tu m'entends ? Je suis là où tu n'es pas. Es-tu heureux ? As-tu encore mal ? M'as-tu suivie ? Reviens-tu de temps en temps ? As-tu vieilli ?

Et moi, que suis-je devenue ?

J'ai 15 ans.

Papa n'est plus là,
Maman est partie.

Je suis censée décider de ce que je veux faire *du reste de ma vie.*

J'ai envie d'écrire,
mais paraît-il que ce n'est pas **un vrai métier.**

Pas un de ceux qui paient ni qui rassurent.

On me dit aussi que *l'art est aléatoire*,
et que le talent l'est encore davantage.

Alors, sur les **conseils**
d'adultes mal avisés, je referme mes livres
et range mes cahiers.

PARTIE 2

Rencontres

J'ai 18 ans.

Des ailes me poussent,
j'étends mes racines.

Je goûte enfin à cette *liberté* tant attendue,
celle de l'âge où tout devient permis.

Au-dehors,
j'erre et je m'attarde,
inconnue parmi ces autres,
j'explore la métropole.

La frénésie des rencontres apaise ma solitude.

Elle panse, mais ne me guérit pas.

J'ai faim. *J'ai soif.*

Tout m'*enivre*, mais rien ne me comble.

Les lumières du jour laissent place à celles de la nuit,
et le temps d'une danse,
tout recommence.

— Bonsoiiiiiiiir !
— Bonsoir.
— Sympa, ton accent, d'où viens-tu ?
— Du bar.

Uber Pool – Tard le soir / tôt la nuit.

« Si la vie est un rêve, mon enfant,
alors il faut rêver grand ! »

Le fantôme de l'île Saint-Louis.

« Vous méritez le meilleur. »

Bouquiniste des quais et faiseur de paix.

Taquinerie :

art de révéler subtilement
ce que l'on pense réellement.

— Je t'aimais fort.

— Oui, mais tu m'aimais mal.

« Restez émerveillable. »

Le plus merveilleux conseil jamais reçu,
par François, musicien de rue sous la voûte du Louvre,
lors d'une nuit pleine d'étoiles.

— Toi, t'es une femme Barbara Gould.
— Une quoi ?
— Ben oui, t'sais, les meufs du futur.
Celles qui niquent tout.

Poète 2.0 du samedi soir.

« L'humanité est laide. »

Alain, Deauvillais par résidence secondaire,
papy chic à l'humour noir mais sympathique,
blasé de voir traîner la populace sur son sable.

Son sourire.
Non, pas son sourire.
Enfin si. Mais pas que.
Sa bouche aussi.
Ses lèvres fines,
Sa langue habile
Et ses canines.
Son sourire.
Définitivement son sourire.

Je viens

à point

à qui sait

m'attendre.

Réaumur-Sébastopol

Les portes s'ouvrent et je prends place dans la rame. J'ouvre mon Beigbeder et m'y plonge pour ne pas avoir à fuir ceux dont le regard me déplaît.

Le type en face de moi me fixe en souriant. Je n'ai pas besoin de lever les yeux, je sais qu'il me regarde. Je le sens. Un sourire un peu bêta, presque un rire. Je redresse la tête, il est mignon, ce con. Je lui rends son sou-rire.

– Qu'est-ce que vous lisez ?
– *L'Égoïste romantique.*
– Et ça donne quoi ?
– Pas si romantique.
Poignée de mains. Il rit encore, le bougre, alors je ris aussi.
– J'aime bien ton t-shirt.
Je regrette l'abandon précoce du vouvoiement mais accepte le compliment.
– Ce n'est pas le mien, mais je l'aime aussi.
– Tu sais, d'habitude, je ne suis pas rouge comme ça mais ce soir, il fait chaud.
– Je sors ici.

Seconde poignée de mains et la sienne effleure mon sein.

– Si tu me retrouves, je t'offre un verre.

— Partons.
— Où ?
— N'importe où.
— C'est là que je préfère.

On garde

toujours en *soi*

un peu de *ceux*

qui nous

traversent.

Les quais de Seine.

Fin de journée, le ciel vire au rose.
Je vais et viens le long de la Seine, écouteurs dans les oreilles.
Il est en retard, moi en avance.

Ce serait presque romantique.

Pour ce rendez-vous, je ne me suis pas apprêtée. Je me situe aujourd'hui entre le naturel et la négligence. S'il n'est pas convaincu, je ne le retiendrai pas.

Finalement, il m'appelle et m'immobilise en pleine balade.

« *Ne bouge pas, j'arrive !* »

Je le vois arriver au loin. Armé de ses jambes longilignes, il gambade. On dirait une biche. Une biche étrange, bien loin des Disney de mon enfance. Un grand mec au physique banal, les cheveux hirsutes et une casquette délavée pour les camoufler. Il porte un sweat kaki et un pantalon en velours bordeaux assorti à ses chaussettes.

Quand il parle,

il s'exclame.

Quand il marche,

il virevolte.

La vie est belle, le monde est beau et tout est merveilleux.

Ajoutée aux relents de la veille, cette rafale de bonheur me donne le tournis.

Sur ses photos, il se la joue homme d'affaires costume trois pièces. Dans ses messages, c'est l'orgie littéraire.

Moi qui m'attendais à rencontrer quelqu'un de calme, voilà déjà trois minutes qu'un flot ininterrompu de paroles jaillit de sa bouche. Son débit m'impressionne autant qu'il m'assomme.

J'en ai perdu le fil et ai oublié le début. Je ne l'écoute plus.

Va-t-il s'arrêter pour respirer ? S'il ne respire pas, il va tomber. Si je reste assez longtemps, je le verrai peut-être tomber.

Le rire me prend.

J'ouvre la bouche, montre les dents et me mets à rire haut et fort, de bon cœur et sans retenue. Il s'arrête brusquement, un peu surpris. Je ris et lui me regarde, content.

C'est alors que je le vois. *Réellement.*

Trop occupée à rechercher en ses traits l'homme que je m'étais figuré, je suis passée à côté de l'homme qui s'est présenté à moi.

Il m'apparaît alors tel qu'il est :

Un soleil.

Le bon
moment
n'existe
pas.

Il se *crée*.

Si on en a
l'envie
on se trouvera du
temps,

Sinon
on se trouvera des
excuses.

Quoi qu'il arrive,

quoi qu'il se passe,

la magie de l'amour

est que l'on y retourne,

encore et toujours.

On a beau clamer haut et fort

que c'est la dernière fois,

qu'on ne nous y reprendra plus,

quand l'amour frappe à la porte,

on se lève et l'on fait un pas,

prenant une grande inspiration

avant de lui ouvrir nos bras.

Il était un *soir*,

ils vécurent heureux

et se quittèrent au *matin*.

PARTIE 3

Noctambule

J'ai 20 ans.

Le monde est grand
et ma vie, toute petite.

Je suis seule dans mon appartement partagé, devant un écran que je ne regarde pas, diffusant un film qui ne m'intéresse pas.

Je *fume*.

Je pense.

Ce que j'aime, avec Marie-Jeanne, c'est qu'elle entrouvre certaines portes de mon esprit. Celles qu'en temps normal, je m'interdis d'explorer afin de rester bien *sagement* dans les rangs, et de me fondre dans le moule.

Je m'ennuie.

Je m'ennuie si fort que ça me fait mal.

Alors, je pousse la porte et m'y aventure.
Juste un instant, juste pour *voir*.

Quitter mon école de commerce. Repartir de zéro.
Voyager à l'étranger. Étudier la psychologie…

Et un jour, **écrire un livre**.

Cette pensée me fait *frémir*.
C'est tout mon corps qui réagit.

— Qui es-tu ?

— Devine.

Bonjour inconnu,

Bienvenue.

Toi qui contemples le monde et que plus rien n'étonne,
Insatisfait chronique aux rêves désabusés,
Approche-toi, aie confiance, ta curiosité je saurai attiser.

J'ai plusieurs noms et diverses formes,
Mais selon ma contenance, ma couleur et mon goût,
Tu apprendras très vite, j'en suis sûre,
À me connaître et à m'apprécier.

Sois docile, étranger, sois joueur,
Hésite, si tu le veux, impatiente-moi, si tu le souhaites,
Dans ta poche ou entre tes doigts, peu m'importe,
Nous savons tous deux qu'en toi bientôt je me propagerai.

En ces heures tardives, n'aie pas de crainte,
Car ici rien ne compte ni ne dure,
Abandonne-toi en mon étreinte,
Le petit jour est pour demain.

Pourquoi garder sa langue dans sa poche

si l'on peut la mettre ailleurs ?

Peut-être que c'est ça aussi, devenir adulte :

se fixer des barrières

que l'on ne devrait *jamais* franchir.

Jamais m'emmerde. *Oups*.

Il m'ennuie profondément.

Au moins autant que *toujours*.

Parce qu'il ne se passe *jamais* rien

C'est *toujours* la même chose.

Tentative de dés**ordre**

Ça pourrait n'être *jamais* la même chose,

Il ne se passerait *toujours* rien.

À la décrépiscence,

je choisis l'activité,

à l'habitude,

l'effervescence.

Ce mot me touche. Il me caresse.
Pétille sur ma langue et m'emmène malgré moi,
tendre et amer au bord de l'ivresse.

Plaisir fugace dont je ne me lasse,
éveille mes sens, me met le cœur en émoi.

À force de *liker* tout le monde

On *n'aime* plus personne.

Elle a le regard de ceux qui connaissent la noirceur du monde.

Il a les traits de ceux qui la fréquentent.

On ne va nulle part sans voir l'horizon.

Toujours paumée

Il y a du bon dans le fait de se perdre.
Ce n’est pas une tare
de ne pas deviner chaque tour
et chaque détour qui forment notre chemin.

Et peut-être bien
que pour profiter pleinement du trajet
il faut s’en éloigner un peu.

Jamais perdue

Mieux vaut prendre un risque
que le mauvais chemin.

Une déception *passagère*

est préférable

à un aveuglement *durable.*

Peut-être engendrons-nous

des *enfants* à problèmes

parce que nous sommes nous-mêmes

des *adultes* à problèmes.

Il est impossible que l'imbécile
ayant un jour osé dire
« *qui sait sortir sait se lever* »
soit sorti.

Dépasser

les

limites

que

l'on

ne

s'était

pas

fixées.

Combien de vies dans une vie
nous est-il donné de vivre
sans passer à côté de la nôtre ?

La musique résonne dans la boîte autant qu'elle résonne dans mon cœur. Au milieu de la foule, j'observe ces gens qui dansent comme si leur vie en dépendait. Mes tympans bourdonnent, mon corps est sous anesthésie, enveloppé par cette vague étrangère, chaleureuse.

Étrange *sens*ation.

Grisante *sens*ation.

Proximité.

Innocence.

Allégresse.

Ça a l'air *facile*.

Ils ont l'air *heureux*.

Machinalement, je fais rouler le fantôme entre mes doigts. J'ai chaud. Sa poudre se dépose sur mes mains moites.

Comme si j'attendais une réponse de sa part. **Bêtise**.

Il ne me révèlera ses secret
qu'une fois ses molécules mêlées aux miennes.

Je regarde mes doigts et leur nuée rosâtre.
C'est presque joli.

Reprendre une vie saine, arrêter la cigarette, faire une croix sur le cannabis et ne plus toucher à ces petites pilules. Vivre mieux, plus longtemps, être en bonne santé, aller courir, faire du yoga pour éliminer les toxines, méditer, donner aux pauvres, sourire, demander pardon, dire bonjour, merci, s'il vous plaît et, surtout : apprendre à la fermer. Être sage. Raisonnée. Raisonnable. Tenir ses promesses. Faire attention à tout, tout le temps. Traverser au vert, ne pas parler aux inconnus ni s'envoyer en l'air le premier soir. Ni le deuxième d'ailleurs, ça fait mauvais genre. Tourner la page. Trouver un mec gentil, se marier, avoir un gosse puis deux, un pavillon en banlieue, une voiture citadine et un abonnement chez Basic Fit. Ne plus pouvoir se piffrer mais faire semblant, baiser en missionnaire sous silence, lumières éteintes et porte fermée. Devenir vieille et regarder les jeunes, regretter de ne pas l'avoir été suffisamment. Devenir aigrie. Vivre dans ses souvenirs. Attendre la mort sans avoir rien d'autre à faire et finir enfin par crever de n'avoir pas vécu.

Et si nous acceptions de pe**r**dre le contrôle ?

Ne regarde pas derrière toi.

Et si vivre en temps réel était la seule faç**o**n de vivre ?

Ferme les yeux.

Et si la matrice ne no**u**s était pas étran**g**ère ?

Souviens-toi.

Et si c**e** n'était qu'un rêve ?

Rouge ou bleu ?

Quel serait ton dernier mot ?

Rien n'est grave **Rien n'est grave** Rien n'est grave
Rien ne compte **Rien ne compte** Rien ne compte
Rien ne dure **Rien ne dure** Rien ne dure
Rien n'est grave **Rien n'est grave** Rien n'est grave
Rien ne compte **Rien ne compte** Rien ne compte
Rien ne dure **Rien ne dure** Rien ne dure
Rien n'est grave **Rien n'est grave** Rien n'est grave
Rien ne compte **Rien ne compte** Rien ne compte
Rien ne dure **Rien ne dure** Rien ne dure
Rien n'est grave **Rien n'est grave** Rien n'est grave
Rien ne compte **Rien ne compte** Rien ne compte
Rien ne dure **Rien ne dure** Rien ne dure
Rien n'est grave **Rien n'est grave** Rien n'est grave
Rien ne compte **Rien ne compte** Rien ne compte
Rien ne dure **Rien ne dure** Rien ne dure
Rien n'est grave **Rien n'est grave** Rien n'est grave
Rien ne compte **Rien ne compte** Rien ne compte
Rien ne dure **Rien ne dure** Rien ne dure
Rien n'est grave **Rien n'est grave** Rien n'est grave
Rien ne compte **Rien ne compte** Rien ne compte
Rien ne dure **Rien ne dure** Rien ne dure

Va te faire vivre.

PARTIE 4

Voluptés

J'ai 23 ans.

J'ai vécu au rythme de mon cœur
jusqu'à finir par le lui confier.

Notre couple est beau,
aussi beau que notre avenir qui semble déjà tout tracé.

Il est prétendument *l'homme de ma vie*
et pourtant, dans cette vie,
je ne trouve pas *ma place*.

J'écris encore. **Partout**. Tout le temps.

Toujours quand je suis triste, et surtout en ce moment. Feuilles volantes, carnets de bord, fichiers Word et notes de téléphone, chez nous, comme dans ma tête, *ça déborde*.

Entre ma vie et la sienne,
ses attentes et les miennes,
je ne sais comment finir
ni par où *recommencer*.

Il y a l'art
de l'amour
et celui
de le faire.

L'art de la séduction repose sur celui des sous-entendus. C'est un jeu d'adresse où se mêle et se démêle le signifiant du signifié. C'est un jeu nécessitant de savoir manier la langue avec autant d'audace que de délicatesse. Un jeu de cache-cache où tout peut se dire sans être prononcé.

Quand les *corps* s'attirent,

Les *coeurs* s'attachent.

L'Amant Peine

Une fois énoncé,
l'Amant reste suspendu aux lèvres,
à la fois soyeux et tranchant, exquis et incisif.

L'amant m'évoque tout ce qui le caractérise :

la passion, le sexe, l'interdit.

L'amant est digne des femmes d'un certain âge,
dotées de prestance et d'un certain caractère.

Si Catherine Deneuve et Jeanne Moreau
seraient parfaites dans le rôle assumé
de la femme infidèle,
moi, je ne le suis pas.

Et pourtant.

De ses lèvres, ce ne fut mon *corps*

Mais bien mon âme qu'il mit à nu.

Et ainsi, pendant qu'il me dévêtit,

C'est mon *coeur* qu'il baisa.

De jolis mots
dans une jolie bouche,
voilà bien là ma plus grande faiblesse.

voilà bien là ma plus grande faiblesse.
dans une jolie bouche,
De jolis mots

Je t'aime,

pour tout ce que tu es

et pour tous ceux que tu n'es pas.

Le matin, après une nuit agitée,
je me plais à le regarder dormir.

Cheveux en bataille et lèvres sèches
de m'avoir trop embrassée,
il dort à poings fermés.

Le drap qui ne le couvre qu'à moitié
laisse deviner la rondeur de ses fesses.

Étendu et vulnérable,
c'est de mes yeux et uniquement de mes yeux
que je le caresse.

Les rayons du soleil au zénith
pénètrent par la fenêtre,
s'invitent sur l'oreiller.

Maître d'un monde qui n'appartient qu'à lui,
je le tire de ses rêves par mon corps sur le sien.

Il s'éveille, s'étire,
les joues rouges et l'œil vitreux
Et c'est ainsi, je l'avoue, que je l'aime le mieux.

Son corps tel un *livre*

que j'effeuille et feuillette

jusqu'à la dernière *ligne*.

— J'ai envie de te *découvrir*.

— Que veux-tu savoir ?

— Que puis-je *t'enlever* ?

Prendre mes jambes à mon cou.

Pendre mes jambes à son cou.

Le

vice

est

l'amant

chéri

de

l'âme.

Je préfère
l' **ardeur**
des *parfois*
à l'**ennui**
des *toujours*.

La vérité est la version de l'histoire que nous choisissons de nous raconter.

L'intimité aidant à son expression,

l'écriture est telle une confidence

qu'on laisse échapper entre deux soupirs sur l'oreiller.

S'il est aisé de la lire,

combien sommes-nous à en saisir le *sens* ?

L'amour nous ravage
autant qu'il nous sublime.

C’est un feu qui nous consume
autant qu’il nous anime.

Il me déclara sa flamme

à la manière dont on déclare les guerres.

De but en blanc et sans détour,

davantage par provocation que par amour.

Deux routes s'offraient à moi.

J'ai choisi celle où tu n'allais pas.

Partie 5

Incandescence

J'ai 25 ans.

La Tour Eiffel pétille
et je retrouve mes couleurs.

Bonjour à toi,
ville de l'Amour,
des lumières
et repaire des *écrivains intemporels*.

Une chambrette sous les toits
avec l'horizon pour toile de fond.

Des livres qui s'entassent, quelques stylos,
un millier de photos et, à côté de la fenêtre, mon bureau.

Je me retrouve, *me rencontre*,
et pour la première fois,
je me sens appartenir au monde.

Ce même monde qui s'agite au-dehors,
et que j'immortalise sur le papier.

Un nid douillet presque secret,
où ce qui devait advenir dans dix ans
prend finalement forme au présent.

Sur les bords de la *Seine*
Je m'enivre de toi
Et pars à la dérive
Dans l'ivresse de ta voix.

Mon Paris

Mon **P**aris est un Paris d'antan.

Les baise-mains honorent la décence, les hauts-de-forme siéent aux hommes autant qu'ils plaisent aux dames et on y célèbre l'amour autant que les vagues à l'âme.

Mon **P**aris est douceur, ferveur et volupté.

Dans mon **P**aris, les artistes en tout genre se retrouvent pour partager leurs nuits, leurs peines et leurs passions. Lorsque l'inspiration tarde à venir, eux seuls détiennent le secret qui la convie.

Dans mon **P**aris, les hordes de touristes ne sont jamais venues, Éluard, Hemingway et Dalida ne sont jamais partis.

Mon **P**aris puise ses souvenirs dans ceux du monde, indéfini et *infinissable,* il s'alimente des histoires d'hier, d'aujourd'hui et de toujours.

Mon **P**aris est celui qui s'écrit
dans une chambre haut-perchée à la lumière tamisée
en compagnie d'un verre de vin, d'encre et de papier.

Quand « *et si* » est à notre portée,

« *pourquoi pas* » devient une raison suffisante.

Il avait le *rire*

d'un enfant que l'on chatouille,

la *curiosité*

et l'*émerveillement* du débutant,

la *sagesse*

de celui qui apprend,

la *force* et l'*ancrage*

d'un chêne de cent ans.

Le meilleur est à venir.

La canicule nous gagne alors *sortons* !

Allons nous étendre à l'ombre d'un saule pleureur,
laissons-nous chatouiller par ses doigts de lianes
et roulons-nous dans l'herbe avant de la fumer.

Partons à la rencontre du monde
ou au moins de quelques bienheureux.

Flattons-nous sans plus rougir
des bêtises qui forment la jeunesse
et délectons-nous
de nos rires qui s'envolent.

Célébrons pour le plaisir de célébrer
sans autre motif ni raison
que le plaisir lui-même.

Enlaçons-nous jusqu'à l'aube,
refusons de veillir avant d'avoir usé nos jours,
et accordons enfin à nos nuits blanches
les trous noirs qu'elles méritent.

La véritable beauté

ne recherche pas

l'attention.

Vingt-deux heures. *Elle scintille.*

Comme tous les soirs et à toutes les heures,

Elle scintille.

— Tu t'en lasseras vite, m'a-t-il dit.

J'ai eu envie de lui répondre que l'on n'était pas obligés de se lasser de tout, tout le temps, mais je n'ai rien dit. Je me suis contentée de sourire sans même lui accorder un regard. Du haut de mon septième étage, je n'avais d'yeux que pour celle qui éclairait mes nuits.

Pourquoi une chose que l'on aime aujourd'hui devrait-elle forcément finir par nous laisser un jour dans une totale
indifférence ?

Il n’existe pas de réponse

que l’on ne puisse trouver

dans les *étoiles*.

Paris

est une fête.

La Tour Eiffel

pétille, toujours présente,

imposante, froide et élégante.

Elle *pétille*, et tout recommence.

Elle *pétille*, et tout recommence.

imposante, froide et élégante.

pétille, toujours présente,

La Tour Eiffel

est une fête.

Paris

Un jour, quelqu'un a dit que *Paris est tout petit pour ceux qui s'aiment d'un si grand amour.* Ce qu'il n'a pas dit, c'est que lorsque l'on n'a personne à aimer d'un tel amour, Paris s'avère immense.

Au balcon, elle *danse*.

Depuis son perchoir, elle contemple comme à son habitude l'élégante Dame de fer. Dressée sur ses longues et fines jambes, comme sortie de nulle part, elle rompt l'horizon et s'impose à son regard. Forte, fière et immobile, elle résiste.

Elle a *rendez-vous*.

Elle est en retard mais qu'importe, elle s'attarde.
Les toits de la ville valent bien quelques regards.

Elle rêve de liberté et d'*aventure*.

Elle se penche par-delà la balustrade, assez pour sentir la barre s'enfoncer au creux de son ventre, assez pour faire sortir sa chambre de son champ de vision.

Le ciel pur, dans son infinité, lui est offert.
Il serait facile de s'en *saisir*.

Elle pourrait essayer. Elle l'a déjà fait. Mais ce soir, elle danse. Elle danse parce qu'elle a bu et que l'alcool exerce sur elle son pouvoir enivrant. Elle danse parce qu'elle est seule.

Elle a rendez-vous.
Elle est en retard mais qu'importe, elle *danse*.

L'amour se vit *pleinement*

ou ne se vit pas.

À vouloir s'en protéger,

il nous file entre les doigts.

L'amour se donne comme il se reçoit,

naturellement ou pas.

S'il en est autrement,

alors il n'en est pas.

J'ai mis longtemps à me décider.
J'ai attendu que le vent tourne
en espérant qu'il m'indique
la direction à prendre,
ou ne serait-ce que
le cap à maintenir.

Et j'ai tenu.
Pas très longtemps, peut-être,
mais suffisamment pour savoir ce que je ne voulais plus
et réaliser que ce qui me faisait rester appartenait au passé.

Les souvenirs, sans doute.
Mais on ne bâtit pas l'*avenir* sur des souvenirs.

PARTIE 6

Réminiscence

J'ai 27 ans.

Si la fin est pour ce soir,
le renouveau est pour demain.

Le monde part en vrille, mais la vie suit son cours.
Un cours que je ne comprends pas toujours.

Quand la ville des Lumières s'est éteinte,
j'ai trouvé refuge auprès de l'océan.
Sa danse m'appelle, et je m'apaise.

Qu'adviendra-t-il *demain* ?

Qu'adviendra-t-il de *nous* ?

Sur toutes les lèvres,
les questions en suspend se bousculent.
Des *voix* s'élèvent pendant que *d'autres* se dessinent.

Dans ce monde en décélération,

j'observe, j'accepte, j'apprends.

Je prends mon temps et le partage,
pour ce*ux* qui compte*nt*, pour l'important ;
pour, comme disait le grand homme :
l'**E**ssentiel, l'**I**nvisible.

Prendre un *risque*,

c’est donner à la vie l’occasion de s’exprimer.

L'*inspiration* mentale provient de celle physique.

On inspire pour mieux s'inspirer.

Je suis l'audace et la timidité.
Je suis la sagesse et la témérité.
Je suis le vent et la pluie en même temps.
Je suis l'hiver, autant que le printemps.
Je suis la vie dans toute sa splendeur.
Je suis la mort aussi, lorsque viendra l'heure.
Je suis animal et animosité.
Je suis un être dans son humanité.
Je suis le monde dans sa diversité.

La race

h u m a i n e

est

a n i m a l e

Et si

on se

décompliquait

la vie ?

C'est

bien

d'être

bien.

Tu as ta place dans ce monde
et toute la légitimité de la prendre.

Tu es la seule et l'unique version de toi
depuis la nuit des temps.
Et lors de ta mort,
il n'y aura plus *jamais*
aucune autre version de ce que tu es,
aujourd'hui, dans cette vie.

Cette vie est ton unique chance d'être *toi*.

Pleinement.

Authentiquement.

Dans toute ta beauté
et ton *imperfection.*

Si tu fais partie du monde,

Il fera partie de toi.

Pourquoi la mort ?

Parce que la vie.

Qu'est-ce que l'amour si ce n'est la *vie* ?

L'amour est partout
Et en chacun de nous.

L'amour évolue au fil du temps
Et se transforme selon celui des saisons.

L'amour s'adapte, il résiste,
Et partagé, il se répand.

L'amour nous dépasse
Et bien que l'on s'obstine à le raisonner,
Toujours il nous échappe
Sans que jamais nous ne puissions lui échapper.

L'amour est simple, jamais facile
À la fois infini et indéfinissable
Il est moteur et énergie.

L’amour est tant l’arrivée
Que le point de départ,
Il est celui par qui tout commence
Et celui par qui tout finit.

L’amour est le voyage,

Il est le sens.

L’initiation et la guidance,
L’apprentissage et la résolution.

L’amour est révolution.

Il est à la fois la plus grande des questions
Et reste pourtant toujours
L’unique réponse.

Qu’est-ce que la vie si ce n’est l’*amour* ?

Pourquoi

avoir peur de l'*avenir*

puisqu'il n'existe pas encore ?

Ce qui est définitif,

c'est *ici* et *maintenant.*

Tout ce qui vient ensuite

demeure à être écrit.

Les non-dits n'ont pas *vocation* à le rester.

On devrait *dire* les choses.

On devrait les *proclamer* sur un drapeau
que l'on brandirait fièrement
et qu'importent ceux qui prendraient le risque de le *lire*.

Nous aurions au moins pris celui de l'*écrire*.

Le ciel se déchire et déverse ses larmes sur le monde. Paris a triste mine, il enfile son manteau d'hiver.

Bien au chaud et bien au sec, j'observe par la fenêtre du coffee-shop les gens s'affoler pour leur coiffure et se couvrir de ce qu'ils ont sous la main. Journal, pochette ou sac à main paré au devant du visage, ils courent à grandes enjambées, essayant d'éviter les flaques.

Certains s'entrechoquent,

vacillent,

se ressaisissent

et repartent.

Être ainsi témoin d'un spectacle qui ne m'est pas destiné m'amuse au plus au point.

Qu'importe, il s'offre à moi.

Entre en scène un quarantenaire à la chemise trempée, produit des hautes sphères de la Défense. Je m'enfonce un peu plus dans mon siège et m'autorise un regard indiscret. Au coin de la rue d'en face, une mère résignée s'abrite sous la devanture du libraire pendant que son fils s'abreuve des gouttes qui viennent se déposer dans sa bouche grande ouverte.

Il semble tirer la langue aux Dieux en colère.

Et si le monde se noyait dans une averse éternelle, finirions-nous par flotter ?

Prendre la vague plutôt que le métro et ne plus souffrir les klaxons. Nos maisons flotteraient elles aussi et se déplaceraient au gré du vent et des marées. Suffirait-il de se laisser porter par un courant puis encore par un autre ? On s'endormirait ici et se réveillerait là, le long de rivages inconnus, inattendus. Et nos yeux s'ouvriraient chaque matin à un nouveau paysage. Comme tout se déplacerait perpétuellement, nous n'aurions plus besoin de savoir où aller. Plus d'impératif, plus d'itinéraire, plus de retard. Nous serions libres de nos mouvements, libres de nos errances, voguant simplement jusqu'à la prochaine terre, le prochain horizon.

Quelle est la saveur de la pluie ?

Femme à la rose

qui danse sur le monde

Répands dans l'Univers

et par-delà les étoiles

Toute ta lumière,

ton Amour et ta grâce.

Une averse torrentielle s'abat sur les *corps*

les *femmes* sauvages sont de sortie.

La *nature* chante,

l'*homme* danse

on savoure le retour de la *pluie*.

La patience

met le *corps*

à l'épreuve

et le *coeur*

à l'abri.

Le *coeur*

est régi par des lois

qui ne tiennent compte

ni de la *raison*, ni de la volonté.

Un jour prochain, j'irai me perdre,
pas très loin mais assez
pour que tu puisses me voir naître puis disparaître
au détour d'une allée.

Perdue au beau milieu de la jungle thaïlandaise, un grand sage m'a un jour confié un secret :

L'amour inconditionnel
est sans attaches.

J'ai d'abord eu envie de le contredire. Mais tout comme moi, vous savez que l'on ne contredit pas un grand sage.

Alors j'ai avalé ma salive et j'ai considéré son propros.

J'y ai réfléchi longtemps et j'ai commencé à observer l'amour autour de moi à la manière dont on observe un paysage : sans attentes ni préjugés.

La graine semée en mon esprit a alors fini par germer.

Et c'est ici, loin de tout diktat, que la vérité simple a pris sens. Loin de toute pression sociale, l'amour se révèle tel qu'il est et non tel qu'on imagine qu'il devrait être.

L'amour inconditionnel

est

sans attaches.

Peut-être que si le fait de *reconnaître ses fautes* et de demander pardon n'était pas considéré, à tort, comme *signe de faiblesse* ; alors la paix serait bien plus facilement accordée.

Quand les principes

se fient à l’esprit embrumé,

Les valeurs

trouvent la voie du cœur.

« *Sapere Aude* », écrivait Kant.

Locution que l'on peut traduire par

« *Ose penser par toi-même* » ou encore « *ose savoir* ».

Sous ce conseil se cache en réalité une exigence.

Une nécessité trop souvent négligée.

Aude a ensuite donné naissance à la notion d'*audace*.

L'AUDACE

Elle serait donc le savoir ou du moins
cette hardiesse qui nous pousse à aller le chercher.

L'audace de trouver sa vérité parmi toutes les autres.
Celle qui résonne et sonne juste en nous, pour nous.

Cette vérité, on ne peut la rencontrer qu'en examinant et en questionnant sans cesse les informations que l'on reçoit.

Ne pas oser savoir, c'est abandonner aux autres
son *pouvoir de décision* et de jugement.

C'est abandonner son *esprit critique*,
pour ne pas dire abandonner son esprit, tout court.

Et lorsque l'on ose penser par soi-même, que l'on ose enfin défier *la pensée unique*, celle imposée, alors l'esprit s'éclaire et la lumière jaillit, irradiant d'autres esprits de son faisceau qui, par leur propre audace, s'illumineront à leur tour.

L'audace, c'est de continuer à espérer.

Lorsqu'une porte s'ouvre devant nous,

si certaines demeurent ouvertes au derrière,

alors le vent s'infiltre,

laissant place aux courants d'air.

Les portent ouvertes s'enfoncent à l'infini

mais seule une porte fermée peut servir d'appui.

Nos erreurs d'*hier*

sont nos apprentissages

d'*aujourd'hui*

pour bâtir

nos *lendemains*.

Tant que le jour succède à la nuit,

que l'amour réanime les cœurs meurtris,

que la lumière éclaire les esprits,

l'espoir jamais ne finit.

Dans la vie,

rares sont les fois où les chosent
se passent comme prévu

et souvent,

c’est encore mieux.

Les rêves

sont faits

pour nous

éveiller,

et non

pour nous

endormir.

Les cris ne sont pas nécessaires.

Les armes sont exlues,

et la violence, proscrite.

Pour qu'à la quête vaine

du pouvoir et du profit,

l'Amour enfin succède.

De l'union des peuples en colère,

s'élèvera la voix

que plus rien ne fera taire.

Il paraît que *la beauté du monde* ne se révèle réellement qu'à celui qui prend le temps de poser sur elle *l'œil du débutant*, celui du curieux qui a encore tout à apprendre ; tandis qu'elle reste invisible à celui qui, déjà blasé par la vie et ses merveilles, passe son chemin sans s'y attarder.

Chaque *fra g ment* de notre vie,

aussi petit et ~~insignifiant~~ soit-il

face à l'immensité du monde et de l'univers,

contribue à l'écriture d'une Histoire,

de **la nôtre**, à toutes et tous,

et à laquelle il est essentiel

pour chacun de prendre part.

Peuple de Thèbes,

Je suis le plus grand défi jamais lancé à la face de l'humanité.
Tu t'es laissé prendre au piège des habitudes,
comme tous les mortels.

Tu erres vers l'ordre et vers la rigueur
qui sont, certes, indispensables
pour vivre en paix au sein de la cité,
mais tu refoules la part d'étrangeté qui t'inquiète
et qui pourtant gît au fond de toi.

Moi, je suis l'**A**utre.

L'**É**tranger. Le **D**ifférent.

Je suis venu te révéler cette part obscure qui est en toi.

Si tu la rejettes comme tu m'as rejeté hors de tes murs,
alors tu seras perdu comme fut perdu l'orgueilleux Panthée.

Mais si tu acceptes ces forces sauvages,
si tu les intègres au lieu de les brider,
tu seras sauvé.

Mon père, le tout-puissant Zeus,
m'envoie t'apprendre que la véritable *folie*
n'est pas celle que l'on croit.

Ce qui est *folie*,

c'est de vouloir une cité parfaitement vertueuse,
parfaitement rationnelle.

Seuls les dieux touchent la perfection.

Vous autres, mortels, gardez-vous de ces deux excès :

n'admettre que la **R**aison,

n'exclure que la **R**aison.

Faites bon accueil à la **R**aison,
mais acceptez aussi la part d'imprévu, d'inattendu
qui de prime abord vous dérange.

C'est à cette condition que vous serez *libres*.

Dionysos

* *Texte issu de l'épisode « Dionysos » de la série* Les Grands Mythes *de François Busnel et diffusée sur Arte.*

L'avenir appartient à ceux qui se *re*lèvent.

Tout peut finir d'une page à l'autre.

Remerciements

Merci à Constance, Estelle et Lucile, pour leur soutien indéfectible et leur amour.

Merci à Paul, mon ami et premier lecteur, pour ses corrections si attentives, ainsi qu'à Amandine, toujours à mes côtés.

Merci à Thomas pour ces nuits blanches au bout du fil, qui a écouté ce projet naître.

Merci aux éditions Frison-Roche Belles-lettres de me donner la chance de me réaliser en tant que jeune écrivaine, et tout particulièrement à Katia Kaloun, pour sa bienveillance et sa douceur.

Merci à toutes celles et ceux qui, au travers d'Indécence et Déraison, à travers leur soutien et leurs encouragements, m'auront aidée à acquérir la confiance nécessaire à la création de ce livre.

Pour finir, je remercie toutes les personnes qui auront joué un rôle, souvent sans le savoir, dans l'inspiration, l'écriture et la réalisation de ce recueil.

Achevé d'imprimer en mai 2021
sur les presses de la Nouvelle Imprimerie Laballery
58500 Clamecy
Dépôt légal : juin 2021
Numéro d'impression : 105061

Imprimé en France

La Nouvelle Imprimerie Laballery est titulaire de la marque Imprim'Vert®